Mit Worten malen
Pfad der Läuterung

Sieben Wege zum
kreativen Älterwerden
– Sechster Weg –

Norbert Wickbold

Mit Worten malen
Pfad der Läuterung

Sieben Wege zum
kreativen Älterwerden
– Sechster Weg –

1. Auflage
© 2024 Norbert Wickbold
Website: www.heilkunstundfarbenpracht.de

Lektorat von: Irene Wickbold
Coverdesign von: Norbert Wickbold
Satz & Layout von: Norbert Wickbold

Druck und Distribution im Auftrag des Autors:
tredition GmbH, Heinz-Beusen-Stieg 5, 22926 Ahrensburg, Germany

ISBN: 978-3-384-14822-3 (Paperback)
ISBN: 978-3-384-14823-0 (Hardcover)
ISBN: 978-3-384-14823-0 (e-Book)

Inhalt

Vorwort

Der hier beschriebene sechste Weg zum kreativen Älterwerden ist ein Weg der Worte. Indem die Worte, Gedanken und Geschichten aufgeschrieben werden, können sie selbst zum Weg werden. Es ist ein mit Worten gepflasterter Weg ins Ungewisse. Durch das Schreiben wird das Ungewisse zur Gewissheit und somit Stück für Stück, Wort für Wort realer, wirklicher.

Im Jahr 24 dieses Jahrhunderts schreibe ich mein vierundzwanzigstes Buch. Eben dieses Buch, das Sie gerade in den Händen halten. Nach 10 Jahren ist die Idee zu dieser Reihe und dem Buch über das Schreiben Wirklichkeit geworden. Deshalb möchte ich gerne erzählen, wie ich selbst zum Schreiben gekommen bin.

Vor etwa dreißig Jahren schenkte meine Frau mir ein Horoskop. Dazu gehörte auch eine Beratung für die nächsten Schritte in meinem Leben. Die Astrologin erklärte mir, ich habe, und das sei für sie ganz deutlich erkennbar, ein Schriftstellerhoroskop. Diese Aussage verwunderte mich sehr, denn bis dahin hatte ich keinerlei Ambitionen zur Schriftstellerei. Weiterhin wusste sie zu erzählen, ich würde viel beobachten und mich sonst sehr zurückhalten. Im Schreiben würde ich all das Zurückgehaltene und Unausgesprochene endlich in Worte fassen können. Das bisher Verborgene kann schreibend geborgen werden und dadurch wird es sichtbar und hörbar. Weil ich erfahren habe, wie sehr das Schreiben selbst ein meditativer Vorgang, also ein geister Weg ist, habe ich die Schilderungen Roberto Assagiolis von der Läuterung mit dem eigenen Erleben beim Schreiben zu einem Weg der Läuterung durch den Schreibprozess entwickelt. Wie schon im Roman »Die Wiederkehr der Morgenlandfahrer« geht es auch hier darum, Dich der Führung Deines Morgensterns anzuvertrauen.

Dies ist sicher auch für Dich ein spannender Weg und so wünsche ich Dir viel Erfolg und bei allem was Du schreibst segensreiche Worte.

Norbert Wickbold

Wie Schneeweißchen und Rosenrot einen Zwerg retten und mit reinem Herzen zum freien Willen finden

Von den beiden Mädchen Schneeweißchen und Rosenrot wird immer wieder betont, dass sie reinen Herzens seien. So rein, dass ein Engel ihnen ein Kind schickt, um sie zu behüten, während sie im Wald übernachten. Doch als ein Bär an der Tür klopft und um Einlass in ihr geborgenes Zuhause bittet, bekommen sie Angst. Die Mutter fasst Vertrauen und lässt den Bären in die warme Stube. Schneeweißchen und Rosenrot werden bald übermütig und necken den sanftmütigen Bären, bis er ruft:

„Last mich leben,
ihr Kinder.
Schneeweißchen, Rosenrot,
schlägst dir den Freier tot."

Sie retten dreimal einen Zwerg aus der Not, in die dieser jeweils durch seine eigene Unachtsamkeit geraten ist. Doch statt sich zu bedanken, wird er zinnoberrot vor Wut. Er beschimpft die beiden, rafft seine geraubten Edelsteine zusammen und bringt sie und sich selbst in Sicherheit. Das bedeutet: Der Zwerg entwickelt sich nicht.

Bild 1

Beim ersten Mal verklemmt sich sein Bart in einen gefällten Baumstamm. Hier gilt es die Bildersprache des Märchens zu entziffern. Bart und Baum symbolisieren Wachstum. Der Baum wurde gefällt, der Bart gestutzt. Ein langer Bart symbolisiert außerdem eine lange Phase der Stagnation und dementsprechend steht er auch für »veraltet sein«.

Bild 2

Beim zweiten Mal weigert sich der grimmige Zwerg, seine unbewussten Seelenanteile anzuschauen und so wird er von ihnen mit Macht in die Tiefe gezogen. Der große Fisch symbolisiert das Unbewusste; der See, steht für die Seele.

Bild 3

Und schließlich verweigert der giftige Zwerg sich auch noch seinem höheren Selbst, denn auch dem König der Lüfte, dem Adler, will er nicht folgen.

Der Adler steht für die geistigen Anteile des Menschen und für die durch Weisheit erlangte Weitsicht. Statt dessen vergräbt der Zwerg seine geraubten Schätze tief in der dunklen, unreinen Erde, also im Körperlich-Materiellen.

Bild 4

Doch als er von den geraubten Schätzen zerren will, wird er vom Bären hinweggerafft. Indem sich der Bär seiner Stärke bewusst wird und wieder Herr in seinem Teilpersönlichkeiten-Haus wird, verliert der giftige Zwerg all seine Macht. Der Bär kann hier für das Personale Selbst stehen. Nun ist er wieder selbst in der Lage, über seine befreiten Schätze, Ressourcen, Talente und Teilpersönlichkeiten zu verfügen. Die geläuterte Person kann sich mit dem Herzen verbinden. Der Bär wird wieder Mensch und heiratet Rosenrot. So kommt es zur Vermählung der reinen Liebe mit dem freien Willen.

Bild 5

13

Bild 6

Das bedeutet: Solange Dein Ich durch verlockende Triebe gefangen ist (Glitzerwelt), kann solch ein Zwerg also ein Wesen der Unterwelt, Macht ausüben und Deine Persönlichkeit ihrer Schätze berauben. Wenn Du die Ereignisse und Begegnungen in Deinem Leben auf diese Weise betrachtest, kannst Du auch Dein eigenes Leben wie ein Märchen empfinden. Du selbst kannst entscheiden – vorausgesetzt Du hast durch Läuterung die Reife erlangt – welche Rolle Du darin spielst. Willst Du im Alter selbst zum Giftzwerg werden, der Kraft und Energie bekommt, wenn er sie anderen raubt? Oder willst Du Kraft und Energie aus Deiner eigenen Ichstärke, aus den Quellen Deines höheren Selbst und aus der Reinheit Deiner Persönlichkeit schöpfen?

✦ **E**

Mit Worten malen
Pfad der Läuterung

Sechster Weg

Je älter Du wirst, umso deutlicher kann Dir Deine eigene Endlichkeit bewusst werden. Was bist Du nicht alles gewesen? Was hast Du nicht alles erlebt? Geschichten, die das Leben schrieb. Deine Geschichten! Welch tiefer Sinn liegt darin verborgen? Nun, wo manche Blüte Deines Lebens verblüht ist, kannst Du ermessen, wozu Du selbst herangereift bist?

Ist nicht Dein Leben ein Einweihungsweg, auf dem Du schon manche Prüfungen zu bestehen hattest? Ein Weg der Läuterung zur Erlangung von Weisheit – eben der Weisheit, die Dich befähigt hat, Dein Leben zu leben? Die Läuterung besteht darin, Dein Verhalten, Fühlen und Denken zu wandeln. Unzeitgemäßes loszulassen und Neues zuzulassen.

Und selbst Dein Wissen hat sich

immer wieder gewandelt und hat sich inzwischen vielleicht zur Weisheit entwickelt. Zur Lebensweisheit. Deine Lebensweisheit! Wie hast Du damals gedacht, als Kind, als junger Mensch, als Lehrling oder Student? Als Mutter oder Vater, als Kollegin oder Kollege? Als Freundin oder Freund? Vielleicht gelingt es Dir jetzt, das Ganze in Worte zu fassen. Mit Worten kannst Du dem Lauf der Zeit nachspüren.

Alles hat seine Zeit.

Doch was hat die Zeit aus Dir gemacht? Was hast Du selbst aus Deiner Zeit gemacht? Kannst Du Dein Leben und Dich selbst akzeptieren? Kannst Du Deinem Werden und Wandeln eine Stimme geben? Wer oder was hat Dein Leben bestimmt? Welche Rolle hast Du im Stück Deines Lebens gespielt? Stimmt diese Rolle für Dich? Ist es Deine Rolle gewesen oder eine, die andere Dir zugewiesen haben? Wer hatte die Regie in Deinem Leben? Wer schrieb Dir Dein Drehbuch? Wie ist es heute?

Dabei geht es nicht so sehr um die Betrachtung Deiner Vergangenheit. Vielmehr soll der Fokus auf das Hier und Heute liegen. Das Werden nicht nur zu beschreiben, sondern es schreibend beobachten, um besser zu verstehen, wie Du zu dem wurdest, der Du heute bist. Zu erspüren, welchen Anteil die Ereignisse, Begebenheiten und Personen an Deinem Werdeprozess hatten. Die Dinge ins rechte Licht zu rücken. Und natürlich bleibt die immerwährende Frage zu beantworten: Wie geht es jetzt weiter?

„Es geht um die Frage: »Welche Art Mensch will ich sein?« Diese Frage wird oft gar nicht bewusst und explizit gestellt, jedoch implizit beantwortet. Die Suche nach dem eigenen Weg und den eigenen Zielen hat viel mit individueller Sinnsuche und Selbstbestimmung zu tun. Viele Menschen haben das Bedürfnis, ihr Leben selbst zu gestalten, es nicht nur »erdulden« oder zu fristen."

Gundula Ritz-Schulte

Bild 7

Reichtum und Fülle liegen

in Deiner Seele, die gefüllt ist mit Erlebtem, Erfahrenem und Erdachtem, mit Geschichten, Gefühlen und Gedanken. So viele Eindrücke, die sich jetzt ausdrücken wollen und es auch sollen. Nicht nur durch Bilder und Gedanken, sondern auch durch Worte und Erzählungen.

Zu den erinnerten Geschichten erwachen in Deinem Inneren die in Deiner Seele schlummernden Bilder. Und auch die damit verbundenen Gefühle kommen wieder hoch. Ja, es gibt eine Fülle von verborgenen Bildern. Schöne Bilder, die schöne Gefühle wachrufen. Aber auch Bilder, die unangenehme Gefühle wieder lebendig werden lassen. Sie weisen hin zu Verletzungen und Verwicklungen, von denen Du nur einige lösen konntest. Oder zu Sehnsüchten, die unerfüllt geblieben sind. Auch die Verwicklungen des Lebens haben sich in Deine Seele eingeschrieben. Nun kannst Du all das aufschreiben. Und sei es nur, um es Dir wieder von der Seele zu schreiben.

✴ 1

Zur Sprache kommen

Sicher gab es auch in Deinem Leben Erlebnisse, die so heftig waren, dass es Dir dabei die Sprache verschlagen hatte. Und es machte natürlich Angst. Auch heute noch macht es Dir Angst, wenn Du daran denkst. Deshalb möchtest Du nicht mehr darüber reden oder an der Erinnerung rühren. Doch was im Verborgenen ist, drängt irgendwann an die Oberfläche, weil es erlöst werden will. Geschieht dies unkontrolliert, wird wohl auch die Sprachlosigkeit wieder eintreten. Gelingt es Dir, die inneren Bilder und die damit verbundenen Stimmungen bewusst nach außen zu bringen, kannst Du sie endlich »aussprechen«. Dadurch würde die äußere Stimme aus der Sprachlosigkeit erlöst. Der Psychotherapeut Markus Treichler spricht in seiner biografisch orientierten Arbeit von drei Qualitäten, die es zu entwickeln gilt. Das sind:

Erinnerung
Vergegenwärtigung
Selbstgestaltung

Erinnerung und Gedächtnis

stehen in engem Zusammenhang mit dem Zeitbewusstsein, also dem Bewusstsein um das Eingebundensein eines Ereignisses in der Zeit, d. h. der zeitlichen Orientierung. Du hast ein Gedächtnis, das Dein Wissen über die Welt, alles Begriffliche und Sprachliche beinhaltet. Und ein Gedächtnis, das all Deine Erinnerungen, Geschichten und wichtigen Begebenheiten und Bedeutungen beherbergt. Alles das macht Deine Biografie und Deine Individualität aus.

Wie hast Du Dich zu verschiedenen Zeiten Deines Lebens gefühlt?
Was dachtest Du jeweils über Dich selbst?
Welches Bewusstsein hast Du heute davon?
Was bestimmt noch immer Dein Leben?
Wie kann Dir daraus Hilfe für Deine Selbstgestaltung erwachsen?
Was war wichtig und was ist auch heute noch wichtig für Dich?
Was würdest Du lieber vergessen?

Erinnern, Behalten, Vergessen

Jedes Mal, wenn Du Dich erinnerst, erfindest Du Dich im Vorgang des Erinnerns wieder neu. Wie dies geschieht, ist kennzeichnend für die Einmaligkeit Deiner Biografie und Deiner Persönlichkeit. Um diesen Vorgang der permanenten Selbstdefinition und Selbstidentifikation lebendig zu halten, suche Situationen auf oder führe Gespräche, die geeignet sind, eine Fülle von Erinnerungen wachzurufen, mit denen für Dich positive oder neutrale Gefühle verknüpft sind bzw. neu verknüpft werden können. Wichtig dabei ist es, Dich selbst als erfolgreich beim Erinnern zu erleben, auch wenn es sich um solche Inhalte handelt, die eher allgemeiner Natur und nicht unbedingt sehr persönlich sind. Eine Erinnerung bekommt erst durch die Beziehung, die Du selbst zu ihr herstellen kannst oder schon hergestellt hast, für Dich eine Bedeutung und ist somit erhaltenswert. Das gilt jetzt und es galt damals, als Du die Sache erlebt hattest. Aus diesem Grunde hast Du sie behalten.

1. Bewahre Deinen Erinnerungsschatz

Erinnerungsbilder anpassen

Genau wie Du Beziehungen zu alten Freunden pflegst, kannst Du auch Beziehungen zu Deinen Erinnerungen, Gedanken und Gefühlen pflegen. Grade so, als würdest Du alten Bekannten einen Brief schreiben und Dich nach ihrem Befinden erkundigen. Ja, auch die Erinnerungen verändern sich mit der Zeit – genauso wie Du! Ebenso wie Du Deine Erinnerungsbilder anpasst, erneuerst auch Du Dich selbst.

„Jede Erinnerung schließt einen Kontakt zwischen zwei Polen in der Zeit. Woran man sich erinnert, kann gestern oder vor einem halben Jahrhundert gewesen sein, dass man sich an dieses Ereignis erinnert, spielt sich im Heute ab. Man erinnert sich jetzt an etwas. In der Erinnerung erscheint dadurch nicht nur etwas des eigenen früheren Selbst im Heute, sondern es landet auch umgekehrt ein Teil der eigenen Gefühle und Gedanken dieses Moments in der Erinnerung.“

Douwe Draaisma

Erinnerungen kommen zurück

Meisterhaft schildert der französische Schriftsteller Marcel Proust in seinem berühmten Werk: *»Auf der Suche nach der verlorenen Zeit«* in der Madelaine-Szene, wie der Geschmack eines solchen französischen Gebäcks auf seiner Zunge in Verbindung mit dem des warmen Tees in ihm ein Glücksgefühl auslöste und ein detailliertes Bild aus seiner Kindheit in ihm völlig unvermittelt gegenwärtig wurde. Szenen aus der Vergangenheit wurden wieder lebendig.

singende Göttin => Muse Mnemosyne,
Göttin der Erinnerung

Bild 8

24

Erinnerungen werden geordnet

Den Prozess des Erinnerns kannst Du durch Bilder, Stimmungen, Erzählungen oder Sinnesreize anstoßen. Das geschieht anfangs eher zufällig. Dann kannst Du versuchen, dies in ein großes Ganzes einzuordnen. So kannst Du vorgehen:

– *Lass in Dir spontane Erinnerungen kommen.*
– *Forsche gezielt nach: Was war, wo war es?*
– *Wer war dabei? Wie erlebten andere das?*
– *Dann stelle Fragen nach der Qualität des Ereignisses, etwa: Wie war es? Wie gut war es?*
– *Jetzt erscheinen Eigenschaften und Gefühle, die mit dem Ereignis verbunden sind.*
– *Als nächstes kannst Du nachspüren, wie sich das zeitliche, örtliche und Stimmungsgeschehen in Deiner Erinnerung ausformt.*
– *Hier ist es hilfreich, Dir Notizen zu machen.*
– *Jetzt kann Dir bewusst werden, wie Du Dich in der Situation verhalten hast.*
– *Welche Bedeutung hatte das Geschehen für Deine bisherige Entwicklung?*
– *Zu welchem Menschen bist Du gereift?*

Vergegenwärtigen

Wenn Du etwas machst, weil Du es immer schon oder schon sehr lange in dieser Weise getan hast, dann kann es sein, dass Dir der Sinn davon inzwischen abhandengekommen ist. Allein die Gewohnheit hält es noch am Leben. Das wäre ein Handeln ohne Sinn. Oder es gibt in Deiner Seele etwas, was Deinem Leben einen Sinn gibt, der Dir vielleicht jetzt nicht mehr bewusst ist. Du orientierst Dein Handeln nicht daran, sondern an äußeren Dingen, an den Erwartungen anderer oder den Zielen anderer. Dann könnte es sein, dass Du Dir selbst gegenüber so tust, als seien dies wirklich Deine Ziele. Doch Dein Herz sehnt sich nach etwas anderem. Das wäre dann ein Sinn ohne Handeln.

Was ist der tiefere Grund Deines Strebens?
Und heute? Bist Du Dir selbst treu geblieben?
Tust Du wirklich, was Dein Herz Dir sagt?
Oder hältst Du fest an Oberflächlichkeiten?
Oder an alten Gewohnheiten?

2. Vergegenwärtige Dir die Ziele Deines Herzens

26

Auf den Grund gesunken?

Von Zeit zu Zeit kannst Du Dir vergegenwärtigen, wo Du gerade stehst. Du kannst eine Bestandsaufnahme oder Inventur machen. Dabei werden Fragen auftauchen, wie etwa:

Ist Dir der Grund Deines (heutigen)Handelns gegenwärtig?
Hat Dein Handeln den Sinn verloren?
Musst Du danach in Deinen seelischen Abgrund abtauchen?
Ist Dir der Sinn von Ereignissen, die Dir widerfuhren, noch nicht klar?
Empfindest Du Dein Handeln als sinnlos?
Oder fühlst Du, dass es inzwischen sinnlos bzw. sinnleer geworden ist?
Sind noch wichtige Fragen offengeblieben?

Habe Geduld mit Dir selbst. Flüchte Dich nicht in Aktivismus, also in äußere Unruhe, um die innere Unruhe zu übertönen. Manchmal kann es erforderlich sein, Deinem Leben und Handeln in der Stille einen neuen Sinn zu geben.

✸ 2

Vom sinnleeren Wettlauf mit der Zeit

»Ich habe keine Zeit« – dieser millionenfache Ausspruch des heutigen Menschen ist symptomatisch. [...] Der es sagt, glaubt, er spräche von der Uhrenzeit. Wie würde er erschrecken, realisierte er, dass er in dem gleichen Augenblick sagt:
»Ich habe keine Seele« und
»Ich habe kein Leben!«

Jean Gebser

Es ist ein Leerlauf, der als Ohnmacht empfunden wird, als innere Leere. Leere der Seele und Leere des Lebens. Hier gilt es, diese Leere bewusst neu zu füllen, Deine Lebenszeit sinnvoll auszufüllen. Die Zeit, in der Du Dich frei von diesem Leerlauf machen kannst, ist wirkliche Freizeit, weil sie eine Zeit ist, in der Du frei bist für das Erleben der Fülle von Seele und Leben. Für Dich geht es also darum, Deine eigene Lebenszeit sinnvoll zu gestalten.

Bild 9

Wo ist die Zeit geblieben?

- Welche Zeiten waren die schönsten Zeiten Deines Lebens?
- Welche Zeit war eher eine verlorene Zeit?
- Wann hast Du die richtige Zeit verpasst?
- Wann war Dein Leben eine erfüllte Zeit?
- Welche Zeit wartet noch auf ihre Erfüllung?
- Wann ist Deine Lebenszeit einfach verronnen?
- Wann haben glückliche Zeiten begonnen?
- Wofür ist nun die Zeit gekommen?
- Hast Du Dir dafür die Zeit genommen?

„Wovon hängt es ab, wenn wir einen Monat als eine erfüllte Zeit, unsere Zeit erlebt haben statt einer Zeit, die an uns vorbeigeflossen ist, die wir nur erlitten haben, die uns nur durch die Finger geronnen ist, sodass sie uns wie eine verlorene, verpasste Zeit vorkommt, über die wir nicht traurig sind, weil sie vorbei ist, sondern weil wir aus ihr nichts haben machen können?"

Peter Bieri (Pascal Mercier)

Wo stehst Du heute?

Natürlich werden diese Fragen nicht erst im hohen Alter relevant, sie fordern Dich das ganze Leben lang zur Stellungnahme auf. Wie ein Künstler sein Werk abwechselnd formt und betrachtet und dadurch das Kunstwerk weiter entwickelt, so kannst auch Du durch Formen und Betrachten Dein eigenes Lebenswerk entwickeln und vollenden. Das „Gesamtkunstwerk" Deiner Biografie entfaltet sich in Abschnitten, Stufen oder Etappen. Zeiten des Stillstands oder der Gleichförmigkeit werden beendet durch unerwartete Ereignisse, die eine Situation manchmal sprunghaft verändern. Wenn solch ein Ereignis eine Krise – ob klein oder groß – auslöste, kann sich in der Lebensrückschau zeigen, inwiefern dieses Ereignis Kräfte mobilisierte, mit deren Hilfe es Dir gelang, in der eigenen Entwicklung einen wichtigen Schritt vorwärtszukommen. So kannst Du durch Betrachtung Deiner Vergangenheit Deine Gegenwart besser verstehen. Vielleicht zeigt sich Dir heute der Sinn für das damalige Geschehen.

Zwischen damals und heute

Manches alte erweist sich heute vielleicht als unbrauchbar, anderes zeigt möglicherweise erst jetzt seinen Wert. Im Laufe der Reflexion Deiner früheren Ereignisse, Handlungen, Gedanken und Gefühle stellen sich allmählich oder auch plötzlich neue Einsichten ein. Das einstige Ereignis steht heute in einem anderen Licht. Du bist zwar der Gleiche wie früher, aber Du bist nicht mehr derselbe! So kannst Du Deine eigene Person und Identität fortwährend neu erfinden. Oftmals unmerklich passt Du das Bild, das Du von Dir selbst hast, fortwährend an die Lebenswirklichkeit an, in der Du Dich befindest. Gleichermaßen passt Du Dein Umfeld und Deine Handlungsweise an das Bild an, das Du von Dir hast.

„Einmal innezuhalten!
Dies alles von ferne nur zu betrachten.
Es aufzuschreiben, um die Gespenster,
die in unseren Hirnen spuken, zu vertreiben."

Der gute
Zwerg
und die
wahren
Schätze.
Deinen
Wert
erkennen.

Bild 10

Aus dieser Idee einer universellen Lebenskraft ist die Prämisse abgeleitet, dass wir alle mit einem uns wesenseigenen Wert auf diese Welt kommen, den alle Menschen gleichermaßen haben. Deshalb geht es bei der Thematik des persönlichen Werts (des »Selbstwerts«) nicht darum, ob wir ihn überhaupt haben, sondern um die Frage, wie wir ihn manifestieren. Virginia Satir

33

✵ 3

Schreibe auf, was Dir auf der Seele brennt

Nun ist die Zeit gekommen. Jetzt kannst Du Dir alles von der Seele schreiben.

Dazu können Fragen bearbeitet werden wie:

- Welche Ziele hattest Du damals?
- Was hast Du wirklich erreicht?
- Was bleibt noch zu tun, zu erreichen?
- Was wolltest Du und wie wolltest Du werden?
- Was bist Du, wie bist Du geworden?
- Was willst Du jetzt noch werden?
- Wie willst Du werden, um Dein Leben zu ergänzen, um selbst ganz zu werden?

3. Schreibe auf, was Dir auf der Seele brennt

Sage und Schreibe

Sag es nun, was Du zu sagen hast. Manchmal ist es besser, es niederzuschreiben. Dann kannst Du es ausformulieren, kannst die richtigen Worte finden. Oder die richtigen Worte finden zu Dir.

„ Denn was sich sagen will,
  weil es das Herz befällt,
  das ist erst lange still –
  und doch nährt es die Welt." Jean Gebser

Bild 11

Wer weiß die Antwort?

Schreiben kann auch bedeuten, im Prozess des Schreibens nach Antworten zu suchen. Nach Antworten auf die noch ungelösten Fragen des Lebens. Manchmal geht es um die eine Frage.

- Wie viele Worte bleiben unausgesprochen?
- Wie viele Fragen werden nie gestellt?
- Auf wie viele Fragen gibt das Leben Dir keine Antwort? Und doch gab es so vieles, was Dich bewegt hat in Deinem Leben.

„Und ich möchte Dich so gut ich kann bitten, Geduld zu haben, gegen alles Ungelöste in deinem Herzen und zu verstehen; die Fragen selbst lieb zu haben, wie geschlossene Stuben und wie Bücher, die in einer fremden Sprache geschrieben sind. Forsche jetzt nicht nach den Antworten, die Dir nicht gegeben werden können, weil Du sie nicht leben könntest, und es handelt sich darum, alles zu leben. Vielleicht lebst Du dann allmählich – ohne es zu merken – in die Antworten hinein."

Rainer Maria Rilke

Schreiben als Klärungsprozess

Vielleicht hast Du teilgehabt an den großen Ereignissen, von denen heute in den Geschichtsbüchern berichtet wird. Doch vielfach waren es ganz einfache Dinge und kleine Begebenheiten, die für Dich eine große Wichtigkeit und Bedeutung hatten. Jetzt könntest Du sie aufschreiben. Oder hast Du Tagebuch geführt? Spürst Du, wenn Du älter wirst, einen Drang, die alten Aufzeichnungen zu lesen oder Dein Leben jetzt aufzuschreiben? Oder schreibst Du über Dich einfach, um Dich anderen mitzuteilen, um soziale Kontakte zu pflegen und um Dich auszutauschen?

Du kannst auch schreiben, um die Ereignisse Deines Lebens für Dich selbst zu ordnen und um sie weiterzugeben. Die eigenen Geschichten erzählen, damit Dir andere ihre Geschichten erzählen. Per Brief könntest Du teilhaben, z. B. an der Entwicklung der Enkelkinder. Doch wer nimmt Anteil an Deiner Entwicklung? Wer wird Dich noch wahrnehmen, wenn Du einst alt und vielleicht hilfsbedürftig geworden bist?

Im Wandel des Lebens

Wandel geschieht oft unmerklich und in kleinen Schritten. Schreibend kannst Du Dir bewusst werden, wie Du Dich selbst gewandelt hast. Schreibend kannst Du den erforderlichen Wandel erkennen, beschreiben und einleiten. Zunächst musst Du für Dich selbst die richtigen Worte finden, um Dich auf diesen Wandel vorzubereiten und Dich darauf einzustimmen.

„Ich will auch keinen Brief mehr schreiben. Wozu soll ich jemandem sagen, dass ich mich verändere? Wenn ich mich verändere, bleibe ich ja doch nicht der, der ich war, und bin ich etwas anderes als vorher, so ist klar, dass ich keine Bekannten habe. Und an fremde Leute, an Leute, die mich nicht kennen, kann ich unmöglich schreiben."

Rainer Maria Rilke

„Ich habe noch nie eine Brücke so schon einstürzen sehen!"

aus dem Film: Alexis Sorbas

Aus Trümmern neu erstehen

Ja, es ist nicht gut geworden.
Ja, es ist zerbrochen und verloren.
Ja, ich bin nicht mehr der, der ich war.

Ja, ich kann dieses nicht mehr tun.
Ja, ich kann dieses nicht mehr haben.
Ja, ich kann dieses nicht mehr sein.

Ja, – das kann ich jetzt tun.
Ja, – das kann ich jetzt haben.
Ja, – das kann ich jetzt sein.

Ich habe dieses Leid,
ich habe diese Schmerzen,
ich habe diese Krankheit. Jedoch:

Ich bin nicht dieses Leid,
ich bin nicht dieser Schmerz,
ich bin nicht diese Krankheit.

Ich bin ein Punkt unendlichen Seins.

✴ 4

Auf den Punkt gebracht,

heißt zunächst: etwas wird konkret. Es wird auf die Welt gebracht. Beim Schreiben wird es aufs Papier gebracht. Hier geht es um das Anfangen. Anfangen zu leben. Anfangen zu schreiben. Anfangen zu sein. Während Du schreibst, verstehst und erkennst Du Dich selbst. Und manchmal bringt Dich das Schreiben auf den Punkt. Vielleicht ist es ein springender Punkt, ein wunder Punkt oder ein Wendepunkt.

Ein Punkt.
Fast noch ein Ei. Man sieht ihn kaum.
Ganz winzig. Ist er schon vorbei?
Doch schau, er bewegt sich im Raum.
Wie zufällig
hat er Deinen Namen geschrieben,
ist fortan auf der Erde und bei Dir geblieben.
So hat er Dich ganz einfach lebendig gemacht
und mit Dir
Deine Geschichte in die Welt gebracht.

Hörst Du die Stimmen?

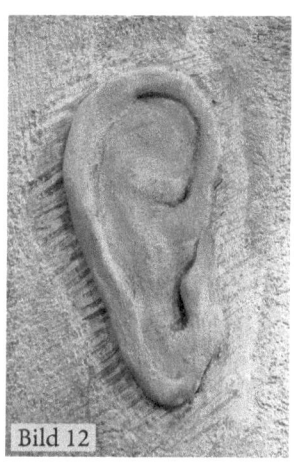

Dann beginnst Du aufzuschreiben, was Dir durch den Kopf geht. Während Du schreibst, zeigt es sich bald: Deine Aufzeichnungen schlagen eine andere Richtung ein. Dein Schreiben bekommt eine Eigendynamik, die bald die Führung übernimmt.

Bild 12

„Es geschieht oft, dass man zu schreiben beginnt, was man bereits in Gedanken entwickelt hat. Doch während des Schreibens kommen neue Ideen hinzu. Der Faden, der Gedankenverlauf schlägt unerwartete Richtungen ein, sodass etwas entsteht, das den Schreiber selbst überrascht. Man kann sagen, dass das Unbewusste in solchen Fällen »die Hand führt« und selbst zu schreiben beginnt."

Roberto Assagioli

Schreibend Gestalt annehmen

Seinem Hauptwerk gab der österreichische Schriftsteller Robert Musil den rätselhaften Titel: *„Der Mann ohne Eigenschaften."* Musil war sich offenbar der besonderen Situation als Schriftsteller bewusst, dass der erfundene Hauptdarsteller für Autor und Leser zunächst keinerlei Geschichte hat und weder über einen Charakter noch über irgendwelche Eigenschaften verfügt. Erst in der allmählichen Beschreibung wird der Protagonist zur Person, die Gestalt gewinnt, sich Eigenschaften erwirbt und so etwas wie eine Biografie entwickelt. Der Darsteller ist nicht schon dies oder jenes, sondern er wird es erst durch seine eigenen Handlungen. Mit jeder weiteren beschriebenen Handlung wird die Person lebendiger, wird zum wirklichen Menschen unverkennbar und charakteristisch. Musil lässt seinen Hauptdarsteller sich selbst als Mann ohne Eigenschaften empfinden, der sich bemüht, Eigenschaften zu erlangen, um eine Person zu werden. Indem er sich selbst beschreibt, wird er zur realen Person mit Eigenschaften.

Dich selbst gestalten

Was für den Schriftsteller und seinen Protagonisten gleichermaßen gilt, kann auch für Dich der Fall sein, wenn Du schreibend zum Autor Deines eigenen Lebens wirst. Zunächst, indem Du Deine bisherige Lebensgeschichte aufschreibst und dabei klarer erkennst, zu welchem Menschen Du inzwischen geworden bist. Und im Folgenden, wenn Du Dein weiteres Leben entwirfst. Wenn Du Pläne schmiedest und das Drehbuch für Deine nächsten Handlungen schreibst, entwickelst Du Dich und gestaltest auch Deinen Charakter weiter. Du arbeitest an dem Charakter und der Person, die Deine Träume und Ideen wirklich werden lässt. Schreibend entwickelst Du die Person, die du für diese Rolle haben möchtest. Und einfach zu sagen, Du selbst seist gerade die Person, der diese Rolle auf dem Leib geschrieben wurde? Nein, das geht nicht! Du musst ja erst zu dem heranreifen, für den diese Rolle gemeint ist. Ja, wollst Du das wirklich wagen? Traust Du Dir das zu? Dann bekommst Du diese Rolle!

Autor Deines Lebens werden

„Wer nicht Urheber und Autor seines Lebens ist, überlässt seine Lebensgestaltung inneren Automatismen, und/oder äußeren Kräften."

Gundula Ritz-Schulte

Autor des eigenen Lebens, kannst Du sein, wenn Du die Erlebnisse und Handlungen Deines gelebten Lebens überblicken, sie sinnvoll einordnen und daraus Entscheidungen für Dein künftiges Handeln ableiten kannst. Es bedeutet für Dich auch, das Drehbuch für den weiteren Verlauf Deines Lebens zu schreiben. Egal, ob Du es erst auf Papier oder gleich ins Leben bringst. Und wenn die eine oder andere Szene nicht gut oder noch nicht gut war, muss sie von Dir umgeschrieben und anschließend neu eingeübt werden. Solange, bis sie stimmt. Als Autor des eigenen Lebens hast Du das Recht dazu – und die Pflicht, den Text so lange zu bearbeiten, bis jedes Wort übereinstimmt – mit Dir selbst!

4. Werde zum Autor Deines Lebens!

Gestaltung des Augenblicks

Und dann ist da der Alltag. Jeden Tag der Alltag, der Dich erschrecken lässt. Oder der Dich nachlässig werden lässt. Oder der Dich Dinge tun lässt, die Du eigentlich nie tun wolltest. Der Dir unmerklich die Führung, den Stift, den Pinsel oder Meißel aus der Hand genommen hat. Schreibend kannst Du die Führung in Deinem Leben (wieder) übernehmen.

„Wenn nicht mehr Zahlen und Figuren
Sind Schlüssel aller Kreaturen,
Wenn die so singen oder küssen,
Mehr als die Tiefgelehrten wissen,
Wenn sich die Welt ins freie Leben,
Und in die Welt wird zurückbegeben,
Wenn dann sich wieder Licht und Schatten
Zu echter Klarheit werden gatten,
Und man in Märchen und Gedichten
Erkennt die ew'gen Weltgeschichten,
Dann fliegt vor einem geheimen Wort
Das ganze verkehrte Wesen fort."

Novalis

Das Gewordene verwandeln

Du bist nicht nur durch die Vergangenheit geworden. Auch gegenwärtig bist Du im Werden. Auch jetzt können neue Geschichten in Dir entstehen und die alten ergänzen oder verwandeln. Auch hierbei gilt es alte Verwicklungen aufzulösen, dunkle Seiten zu beleuchten und dadurch den Blick fürs Ganze zu bekommen. Du kannst die Ereignisse Deines Lebens, die sich in diesen Geschichten darstellen, nicht ungeschehen machen; aber Du kannst Deine Haltung dazu wandeln, sie neu mit anderen Augen, mit den Augen des lebenserfahrenen Menschen betrachten und umgestalten. So entwickelst Du ganz neue Sichtweisen von Altbekanntem. Du kannst neue Geschichten schreiben, die alten umschreiben und sie sogar weiterentwickeln. Deine Geschichte ist längst nicht abgeschlossen. Wenn Du sie weiterschreibst, entwickelst auch Du Dich weiter. Vielleicht geht es Dir darum, Dich auf einen geistigen Weg zu machen, um im Älterwerden nicht vorwiegend zu welken, sondern möglichst zu reifen.

✳ 5

Deine geistige Wachstumskrise

Eine sehr robust wirkende 96-jährige Frau klagte: *„Ich bin noch nie krank gewesen, aber dass ich jetzt so leiden muss ..."* Der geistige Weg, den jeder irgendwann geht, erweist sich oft zunächst als ein Leidensweg, weil er das Anerkennen und das Zulassen des Gewordenen und somit der eigenen Geschichte erforderlich macht. Und das anerkennen, dass ein Wandel erforderlich ist. Dieses Anerkennen stellt für machen Menschen einen harten Brocken dar. An dem er vielleicht bis ins hohe Alter zu kauen hat, um ihn doch nicht wirklich zu verdauen. Als in dieser Reihe der *erste Weg* beschrieben wurde, wies ich auf die Hauptwege des Leidens hin.

Assagioli unterscheidet zwischen den psychischen Krisen, die jene Menschen durchleben, die sich um keine spirituelle Entwicklung bemüht haben und denen, die Menschen durchzustehen haben, wenn sie sich auf diesen geistigen Weg begeben. Auch wer nach seiner körperlich-weltlichen Entwicklung weitergeht und sich für seine spirituelle Entwicklung entscheidet, muss einige Krisen und Prozesse, insbesondere die sog. dunkle Nacht der Seele durchstehen. So wie Assagioli sich fragt, wie viele Menschen in psychiatrischen Anstalten leben, die mit ihren inneren, geistigen Wachstumskrisen kämpfen und oft daran scheitern, glaube ich, dass manche alten Menschen, die als »verrückt« gelten, sich möglicherweise in einer solchen Krise befinden. Den Zustand dieser Krise beschreibt Assagioli folgendermaßen:

„Der Zustand der Unruhe wird immer qualvoller, die innere Leere immer unerträglicher. Der Mensch fühlt sich vernichtet: Alles, woraus sein Leben bestanden hatte, erscheint ihm nun wie ein Traum und fällt von ihm ab, wie eine tote Hülle, während das neue Licht noch nicht aufgegangen ist. Gewöhnlich weiß der Betroffene nicht einmal von der Existenz eines solchen Lichts, oder er glaubt nicht an die Möglichkeit, es zu empfangen.“

Roberto Assagioli

Bild 13

„Dann gibt es das mysteriöse Stadium der »dunklen Nacht der Seele«, der »passiven Läuterung«, in der das Bewusstsein {...}eine neue, radikalere, negative Erfahrung durchlebt und es zum endgültigen Tod seiner früheren Persönlichkeit, des Adams, kommt – eine notwendige Bedingung für seine Auferstehung in Christus."

Roberto Assagioli

Niemand sollte in dieser schwierigen Situation stecken bleiben. Auch Du wirst einen Ausweg finden. Bisher habe ich Dir fünf mögliche Wege zur Bewältigung von Krisen aufgezeigt. In der Reihe: *»Sieben Wege zum kreativen Älterwerden«*. Im Folgenden möchte ich Dir als sechsten Weg den Weg der Läuterung nach Assagioli beschreiben. Das Leben kann Dich auf diesen Weg gedrängt haben oder Du hast ihn aus freier Entscheidung eingeschlagen.

Erstaunlicherweise ähnelt dieser Weg eben dem Weg, den die beiden Mädchen Schneeweißchen und Rosenrot reinen Herzens gehen. Nicht nur im Märchen sind es die Personen, die aufgrund ihrer Seelenstärke oder ihres reinen Herzens alle Prüfungen durchstehen und zu guter Letzt ihr Selbst durch eine Hochzeit veredeln.

Kaum jemand wird im Alter noch so reinen Herzens sein wie diese beiden Mädchen. Doch den Funken, die Sehnsucht nach dieser Reinheit trägst auch Du in Dir. Und so begibst Du Dich nun auf diesen Weg der Läuterung.

�֍ 6

Meditativer Weg der Läuterung

Der Weg der Läuterung ist ein geistiger, bewusst beschrittener Weg nach innen. Du kannst diesen Weg auch mit Stift und Papier gehen.

Meditation zur Läuterung *nach Assagioli*

1. Vorbereitung
   1. Entspannung des Körpers
   2. Beruhigung der Gefühle
   3. Gedankenstille

2. Weihe *Es sei mir gewährt so rein zu sein, dass ich die ganze Welt umarmen kann, ohne dass ich wünschte, sie festzuhalten.*
3. Erhebung *Auf den Schwingen des Strebens erhebe ich das Zentrum des personalen Bewusstseins zum Selbst.*
4. Bejahung *Bejahung der eigenen wesenhaften Identität mit dem Selbst, „das reiner als Schnee ist."*
5. Willenserklärung *Die vom Selbst durchströmte Persönlichkeit erklärt ihren Willen zur Reinheit.*

Tab. 1: Weg der Läuterung nach Roberto Assagioli

1. Vorbereitung

Gewohnheiten, allerlei Stimmungen und Ablenkungen haben sich Dir gleich einem Bart an Körper und Gemüt gehängt und sind immer weiter gewachsen. Sind zu einem Teil von Dir geworden, obwohl sie gar nicht zu Dir gehören. Nun ist es Zeit, Dich davon zu befreien. Diesen alten Bart oder Zopf abzuschneiden.

Der Weg der Läuterung ist nicht als Weg voller Qualen und Leiden aufzufassen. Vielmehr soll er ein Weg hin zum Licht sein. Zum Licht Deines Sterns. Das Licht Deines Sterns kannst Du nicht erkennen, wenn es durch andere Lichter überstrahlt wird. Du musst Dich auf das eine, das reine Licht konzentrieren. Das Licht in Dir.

Du hast den geeigneten Ort gefunden.
Du hast die Wahl der Mittel getroffen.
Du hast alle äußeren Einflüsse abgestellt.
Du hast Dich auf Deinem Platz eingerichtet.
Du bist bei Dir selbst angekommen.
Das ist der Beginn des Schreibens.

Finde zur Ruhe in Dir:
– Entspanne Deinen Körper.
– Beruhige Deine Gefühle.
– Übe Gedankenstille.

Bild 14

5. Befreie Dich von altem Ballast

2. Weihe

Betrachte dieses weiße Papier, das Du vor Dir platziert hast. Du hattest Dir vorgestellt, es mit Deinen Gedanken und Ideen zu beschreiben. Noch liegt es einfach nur da. Zunächst erscheint es Dir vielleicht blank und völlig leer. Du denkst: Ein unbeschriebenes Blatt. Du selbst warst eins wie dieses Blatt. Jungfräulich und unberührt. Rein. Unbestimmt. Nichts war vorgegeben. Noch war alles möglich. Noch konnte alles sein. Aber was war es, was werden wollte? Oder werden sollte? Viel zu schnell wurdest Du das einst reine Blatt beschrieben. Nicht nur von Dir. Gut, jetzt warst Du nicht mehr unbestimmt. Jetzt warst Du – eben Du. Die Leere war nun gefüllt mit etwas. Nun fülltest Du die Leere aus. Aber wo ist sie geblieben – die Reinheit von einst? Dieses Blatt, dieses leere Blatt hat sie noch. Nein, es hat nichts, es ist völlig leer. Das Einzige, was es auszeichnet, ist seine Reinheit. Nun tauche ein in die Leere dieses Papiers wie in einen klaren See. Sei wie ein Fisch im Wasser, der das ganze Meer umfasst und doch nichts davon halten muss.

Öffne Dein ganzes Wesen, sage ihm:
„Es sei mir gewährt so rein zu sein, dass
ich die ganze Welt umarmen kann, ohne
dass ich wünschte, sie festzuhalten."

Bild 15

6. Tauche ein in die Reinheit der Leere

3. Erhebung

Ja, jetzt bist Du rein. Wie fühlst Du Dich nun? Bist Du noch leer? Oder ist da doch etwas? Spürst Du etwas in Dir? Etwas, was immer schon da war und immer da sein wird?
Es ist hell wie ein Stern, der Dir leuchtet. Ein Stern, der Dich leitet. Ein Stern, der Dich aufstreben lässt. Der Dir Flügel verleiht. Der Dein Innerstes erstrahlen und Dein Selbst leuchten lässt.

Wenn Dein Stern am Firmament aufgeht,
Mut und Kraft Dir auch zur Seite steht.
Was immer Du beginnst, wird Dir gelingen,
mit Liebe kannst Du wahre Freude bringen.

Es wurd' ein Licht Dir in Dein Herz gegeben,
das leuchtet Dir und leitet Dich durchs Leben.

Früh morgens ist ein Stern Dir aufgegangen,
zeigt Dir, auf welchen Weg du sollst gelangen.
Der Stern kann Dir die Ziele nennen,
doch Dein Innerstes muss dafür brennen.

Folg Deinem Morgenstern, folg Deinem
Morgenstern, scheint er auch fern.

„Auf den Schwingen des Strebens
erhebe ich das Zentrum des personalen
Bewusstseins zum Selbst.“

Bild 16

7. Lass Deinen Morgenstern in Dir leuchten

57

4. Bejahung

Vor Jahren begegnete mir im Radio die Sendung: *„Nada Brahma – Die Welt ist Klang."* Dabei hörte ich Joachim-Ernst Berend vom Zen Koan sprechen. Es dauerte lange, bis ich dieser Frage wirklich nachging. Die Frage war:

Wenn Du auslöscht Sinn und Ton –
was hörst Du dann?

Hier ist, was ich dazu nun in meiner Seele bewegt habe: Wenn Du in Deinem Bewusstsein alles auslöscht, was Sinn macht und auch all das, was Krach macht, was von sich reden macht, was Dir Eindruck macht – was bleibt dann? Wenn Du alles auslöscht, was vorgibt, wichtig zu sein was bleibt dann? Wenn Du alles auslöscht, was vorgibt, Dir Sinn und Stimme zu geben – was bleibt dann?

Ein frierender Bär, der nach seinem Winterschlaf den dreckigen Schnee aus seinem dicken Fell herausgeschlagen hat und sich davon befreit in der Reinheit seines Herzens wärmt.

„Ich finde zur Bejahung der eigenen wesenhaften Identität mit dem Selbst, »das reiner als Schnee ist.«"

Bild 17

8. Bewahre die Reinheit des Herzens in Dir

5. Willenserklärung

Jetzt bist Du bei Dir angekommen, hast in Dir Dein reines Selbst erkannt. Nun nimm den Stift in die Hand. Lass ihn führen von Deinem Willen zur Reinheit. Und siehe wie er schreibt.

Lass es einfach nur geschehen,
und du wirst schnell einsehen,
wie die Worte aufs Papier hinfließen,
sich vor Dir rein und schön ausgießen.

Lass niemals Dich von Deinem Licht ablenken,
Du brauchst Dich für keine Form verrenken.
Was immer auch geschieht, Du bist nie verloren,
aus Deinem reinen Licht wirst Du neu geboren.

Lass einzig Dich von Deiner Liebe lenken,
dann kannst Du Lesefreunden schenken.
Wenn Du schreibst, musst Du Dich nie winden,
aus Deiner Reinheit wird sich alles finden.

Folg Deinem Morgenstern, folg Deinem reinen
Licht, vergiss es nicht.

„Meine vom Selbst durchströmte
Persönlichkeit erklärt ihren Willen
zur Reinheit.“

![Bild 18]

9. Lass Deine Hand von der Reinheit führen

✴ 7

✎ *Der Wille zum Wort und –*

Wie schön, dass Du diesen Weg bis hierher gegangen bist. Jetzt kannst Du anfangen. Mach den Anfang. Am Anfang war das Wort! Das Wort, das göttlicher Wille war. Das Wort, mit dem alles geschaffen wurde. Das Wort war göttliches Machtwort. Und Gott gab Noah sein Wort zum Bund, als dessen Zeichen er den Regenbogen spannte. Und Gott gab Moses sein Wort. In Stein gemeißelte Gesetze. Und mit Christus wurde das Wort Fleisch. Welches Wort war da seit Deinem Anbeginn? Aus welchen Worten wurde Dein Leben erschaffen? Welche Schrift wurde Dir in die Seele geschrieben? Welche Gesetze wurden Dir ins Gemüt gemeißelt? Die Macht des Wortes lässt sich dazu benutzen, um Macht über andere zu erlangen. Dann wird nicht nur das Wort missbraucht, sondern im selben Maße auch der Leser. Die eigene Meinung wird massenweise als Wurfsendung dem anderen vor die Füße geworfen. Der Leser wird nicht zum Partner. Er wird nur als Empfänger ohne Rücksendemöglichkeit gesehen.

✶

– die Liebe zum Schreiben

*„Wir brauchen ein Leben lang, um den einge-
brannten Text zu finden und zu entziffern,
und wir können nie sicher sein, dass wir ihn
verstanden haben.“*

Peter Bieri (Pascal Mercier)

Vielleicht kann, wer den Weg der Läuterung
gegangen ist, die Worte besser verstehen.

Bild 19

10. Sende Worte mit Deiner Wahrheit auf den Weg

63

Wird nicht nur das Wort, sondern das Schreiben selbst zur Botschaft, kann eine Beziehung unter Partnern entstehen. Schreiben, um sich Mit-zu-teilen. Das Aufgeschriebene wird mit anderen geteilt. Daraus kann sich eine dreifache Beziehung ausbilden:

ICH – DU – WIR.

Im besten Fall entsteht so zwischen Autor und Leser eine freundschaftliche bis innige Beziehung. Manchmal erwächst daraus die Heilige Dreifaltigkeit der Liebe:

ICH – LIEBE– DICH

Der geläuterte Schreiber liebt nicht sich selbst. Die Schreibende liebt das Schreiben und bringt seine Liebe in den Texten zum Ausdruck. Der Schreibende liebt das Geschriebene. Die Leserin spürt dies und liebt das Geschriebene. Mit Liebe geschriebene Worte verbinden Schreibende und Lesende. Der Text ist das, was beide zusammenbringt und was sie verbindet.

✴ 8

Dein Brief wird zum Gebet

Das Briefeschreiben ist eine Form des Schreibens, die scheinbar aus der Mode gekommen ist. Geht es beim Schreiben vielfach darum, Ideen, Gedanken oder erlebte Geschichten in Worte zu fassen, so hat ein Brief immer einen Adressaten. Der Schreibende wählt diesen selbst aus. Der Brief kann auch ein Antwortschreiben sein. Das Wichtigste ist dann die Botschaft, die übermittelt werden soll. Auch wenn beim Briefeschreiben immer nur einer redet, kann er sich zu einem Dialog auswachsen. Die Antwort wird mitgedacht und die dazugehörige Reaktion mitgeliefert. Die Intention des Schreibens kann auch eine Bitte sein. Es ist durchaus möglich, einen Brief an eine Person zu schreiben, die nicht antworten kann oder will. Vielleicht, weil beide miteinander im Streit sind. Selbst wenn der Brief anschließend verbrannt wird, zeigt er Wirkung. Auch diese Botschaft kommt an! Und selbst bei einem Brief an den lieben Gott ist die Wahrscheinlichkeit groß, dass er ankommt! Ein Brief als Gebet erweist sich als besonders mächtig.

Gebet einer englischen Nonne aus dem 17. Jahrhundert

Herr, du weißt besser als ich selbst, dass ich älter werde und eines Tages alt bin. Bewahre mich vor der fatalen Gewohnheit, zu denken, dass ich zu allem und zu jeder Gelegenheit etwas sagen muss. Befreie mich von dem Drang, die Angelegenheit aller Anderen auszuglätten.

Mach mich besinnlich, aber nicht launisch; hilfreich, aber nicht herrisch. Mit meinem enormen Schatz an Weisheit ist es wohl schade davon nicht alles anzubringen, aber Du weißt Herr, dass ich am Ende noch ein paar Freunde haben möchte.

Mach mich frei davon, endlose Einzelheiten immer zu wiederholen; gib mir Flügel, damit ich mich kurzfasse. Verschließe meine Lippen, was meine Schmerzen und Leiden anbelangt. Sie nehmen zu, und die Lust daran, sie aufzuzählen, wird wohltuender mit den Jahren.

Ich möchte Dich nicht fragen, mir genügend Größe zu geben, mich nicht mit den Anderen

an ihren Leidensgeschichten zu ergötzen, aber helfe mir, sie mit Geduld auszuhalten.

Ich möchte Dich nicht um ein besseres Gedächtnis bitten, sondern um wachsende Bescheidenheit und um weniger Siegesgewissheit, wenn mein Gedächtnis im Widerspruch steht mit dem Gedächtnis der Anderen. Lehre mich die großartige Lektion, dass ich mich manchmal irre.

Erhalt mich einigermaßen umgänglich; ich möchte keine Heilige sein – mit einigen von diesen lässt es sich schwer leben, aber eine verbitterte ältere Person ist eines der krönenden Werke des Teufels. – Gib mir die Fähigkeit, das Gute an unerwarteten Orten zu sehen und Talente in unerwarteten Leuten. Und gib mir, oh Herr, das Wohlwollen, es ihnen auch zu sagen. Amen.

Es sind im Internet unterschiedliche Versionen der Übersetzung aus dem Englischen im Umlauf. Ich habe mir erlaubt, hier meine eigene Version zu erstellen.

Der in diesem Buch beschriebene sechste Weg umfasst die folgenden zehn Schritte:

1. Bewahre Deinen Erinnerungsschatz

2. Vergegenwärtige Dir die Ziele Deines Herzens

3. Schreibe auf, was Dir auf der Seele brennt

4. Werde zum Autor Deines Lebens!

5. Befreie Dich von altem Ballast

6. Tauche ein in die Reinheit der Leere

7. Lass Deinen Morgenstern in Dir leuchten

8. Bewahre die Reinheit des Herzens in Dir

9. Lass Deine Hand von der Reinheit führen

10. Sende Worte mit Deiner Wahrheit auf den Weg

„Wenn wir einen gewissen Grad der individuellen Läuterung erreicht haben, sind wir in der Lage, an dem großen Projekt der kollektiven und globalen Läuterung aktiv mitzuwirken. "

Roberto Assagioli

Bildquellen

Titel: Norbert Plötz, Kupfer, Schmuck 2000,
          „Wenn nicht mehr Zahlen und Figuren"
Bild 1: Fotomontage, Norbert Wickbold
Bild 2: Foto auf dem Kunsthandwerkermarkt Üb.
Bild 3: Goldfisch, Ischia, Mortella-Garten
Bild 4: Adlerkopf, Bootsanleger Mainau
Bild 5: Foto, Bär als Geschäftsdekoration
Bild 6: Gefunden im Wald
Bild 7: Geheimnisvoller Eingang
Bild 8: Teetasse
Bild 9: Abfahrtzeit in Unteruhldingen
Bild 10: Zwerg, Schaufensterdekoration
Bild 11: Sandplastik am Timmersdorfer Strand
Bild 12: Ischia, Giardini La Mortella, Sonnentempel
Bild 13: Ischia, Giardini La Mortella, Sonnentempel
Bild 14: Findhorn, Budda im Garten
Bild 15: Wassefontaine, Überlingen
Bild 16: Seerose, Überlingen
Bild 17: Sufitänzer, Nikosia, Zypern
Bild 18: Rote Rose im südlichen Sommer
Bild 19: Marmorbank am Strand von Malta

Textquellen

Assagioli, Roberto: Handbuch der Psychosynthese, Nawo, 2004
Peter Bieri (Pascal Mercier): Nachtzug nach Lissabon, Hanser
Draaisma, Douwe: Die Heimwehfabrik – Wie das Gedächtnis
  im Alter funktioniert
Gebser, Jean: Gesamtausgabe,Novals-Verlag, 1986
Ritz-Schulte, Gundula: Autor des eigenen Lebens werden.
  Anleitung zur Selbstentwicklung, Kohlhammer, 2012
Treichler, Markus: Biografie und Krankheit, Urachhaus, 1995

Sieben Wege zum kreativen Älterwerden

E Das Lebensschiff bis ins hohe Alter souverän steuern

1. Die Bilder der Seele sprechen lassen

2. Die Biografie als Gestaltungsaufgabe

3. Dreh Dich nicht um! Deine Blockaden lösen

4. Auf künstlerischen Wegen der Weisheit entgegen

5. Empfangen der Würde im Alter

6. Mit Worten malen. Pfad der Läuterung

7. Die Teile des Lebens zum Ganzen zusammenfügen

 **B**

Die Bücher von Norbert Wickbold

finden Sie auf den folgenden Seiten

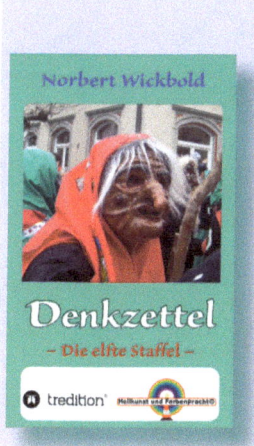

Denkzettel mit elf Texten!

Tb: € **12,80** (D)
geb: € **19,80** (D)
e-Book: € **7,99** (D)

Denkzettel – elfte Staffel
Nummer 101 bis 111
Bonusausgabe mit
Bonusdenkzettel!

Der Ratgeber zum Älterwerden:

Wer weiß, wie wir mal werden?
Selbstentwicklung kreativ fürs Alter nutzen

Im Alter würdevoll Leben, möglichst ohne Leiden zu müssen, dass wünschen sich viele Menschen. Ist das möglich? Nach 22 Jahren Arbeit in der Altenpflege, behaupte ich: Ja! Es ist möglich, wenn wir bereit sind, unser Leid anzunehmen. Dann können wir es wandeln. Mithilfe unserer Lebenserfahrung, der Kunst und verschiedener therapeutischer Ansätze können wir einen inneren Wandel vollziehen und den Abbau- und Sterbeprozess kreativ wandeln in einen Aufbau- und Integrationsprozess.

Das Buch vereint viele Beispiele aus der Praxis, der Kunst, der Dichtung und der Forschung und zeigt sieben Wege zum kreativen Altwerden auf.

384 Seiten, mit vielen, teils farbigen Abbildungen

Tb: € 27,00 (D)

geb: € 33,80 (D)

eBook: € 12,99 (D)

ISBN:
978-3-8495-9811-2 (Tb.)
978-3-8495-9812-9 (geb.)
978-3-8495-9813-6 (e-Book)

Die Seminarbücher:

Sieben Wege zum kreativen Älterwerden

Hier werden sieben Wege aufgezeigt, die dich befähigen, auch im Alter eine Persönlichkeit zu sein, die souverän und weise ihr Leben führt.

ISBN
978-3-7482-0869-3

ISBN
978-3-347-21315-9

ISBN
978-3-347-41444-0

ISBN
978-3-347-79324-8

Die acht Themenbücher, lassen sich unabhängig durcharbeiteten. Bei Interesse wird zu jedem einzelnen Weg ein Seminare angeboten.

Tb: € 10,50 (D) geb: € 18,80 (D) eBook: € 5,99 (D)

ISBN
978-3-347-91253-3

ISBN
978-3-347-93269-2

ISBN
978-3-384-14822-3

ISBN
978-3-384-14872-8

Der Roman, der zur Quelle führt:

Die Wiederkehr der Morgenlandfahrer

Die Idee der Morgenlandfahrer Hermann Hesses wird hier wieder aufgegriffen und mit hochaktuellen Themen verknüpft: Auf der einen Seite steht eine gigantische, den Globus beherrschende Wirtschaftsmacht, und ihr gegenüber befindet sich die entmachtete Gruppe der vielen. Ein paar wenige wagen es, um ihr Grundrecht auf sauberes Wasser zu kämpfen und bringen das Machtgefüge der Weltmacht an seine Grenzen. Der Roman möchte dazu ermutigen, die eigene innere Quelle zu suchen und auf die damit verbundene Kraft zu vertrauen. Die Entdeckung dieser inneren Quellen wird in mehreren Visionen bzw. Meditationen beschrieben, die zum Kernstück des Buches gehören. Hier geht es darum, seinem Stern zu folgen und daraus Kraft für die Bewältigung auch sehr schwieriger Aufgaben zu ziehen. Die Reise der Morgenlandfahrer ist eine Reise durch die innere Wüste zur ureigenen Quelle. Die Geschichte will ein Beispiel geben, wie eine globale Bedrohung überwunden werden kann. Für jeden der neuen Morgenlandfahrer erweist sich eine von sieben Künsten als wahre Kraftquelle und als Morgenstern. Indem sie sich bei allen Herausforderungen vom wiedergefundenen Stern leiten lassen, finden sie das Wasser des Lebens. Damit kehren sie zurück in ihre Heimat, wo viele andere von dieser Quelle schöpfen können.

336 Seiten € 18,50 (D) Tb

ISBN: 978-3-8495-9890-7 (Tb.)
      978-3-8495-9891-4 (geb.)
      978-3-8495-9892-1 (e-Book)

Die Jubiläumsausgaben

Tb: 12,80 € geb: € 19,80 € eBook: 7,99 €

Zum Anliegen der Denkzettel

Hier werden Lebensthemen oder politische Themen in oftmals ungewöhnliche Denk- und Sichtweise humorvoll oder eher besinnlich erörtert. Jeder Band umfasst zehn Texte, die nicht all zu ernst genommen werden sollen, denn ich möchte dazu beitragen, all zu engstirnige Denkweisen aufzulockern. Vielleicht kommen Sie bei deren Lektüre ins Schmunzeln und es fällt Ihnen anschließend leichter, Altbekanntes neu zu betrachten und es auf bisher ungeahnte Weise zu bedenken.

Tb: €11,80 (D)   geb: € 18,80 (D)   eBook: € 6,99 (D)

Gedichte und Gedanken:

Was seht ihr denn?
und
Was denkt ihr denn?

Wie viele Gedanken gehen uns durch den Kopf und ziehen sehr schnell wieder weiter? Einige hinterlassen bleibende Spuren, andere geraten bald wieder in Vergessenheit. Neue Ereignisse und neue Gedanken verdrängen unsere Gedanken von gestern.

Tb: € 8,00 (D)   Tb: € 8,00 (D)

geb: € 13,50 (D)   geb: € 13,50 (D)

e-Book: € 4,99 (D)   e-Book: € 4,99 (D)

ISBN:
978-3-7323-1126-2 (Tb.)
978-3-7323-1127-9 (geb.)
978-3-7323-1128-6 (e-book)

ISBN:
978-3-347-59249-0 (Tb.)
978-3-347-59250-6 (geb.)
978-3-347-59251-3 (e-book)

Der Autor:

Norbert Wickbold

1973-1984 Elektriker
1985-1993 Kunsttherapie-Studium
    künstlerische und literari-
    sche Kurse an VHS
1994-2022 Ausbildung und Arbeit als Altenpfleger
2008-2010 Master-Studium in Erwachsenenbildung
2003   Beginn meiner schriftstellerischen Arbeit
2010 • *Vom Sinn des Lebens, des Sterbens und der*
    Aufgabe des Alters in Heft 23 der Zeitschrift:
    »Psychosynthese«, Navo-Verlag, Zürich
2014 • *Wer weiß, wie wir mal werden?* veröffentlicht
2015 • *Die Wiederkehr der Morgenlandfahrer* und
    • *Was seht ihr denn? – 42 Gedichte und Gedanken*
    • *Denkzettel – Die ersten zehn*
2016 • *Denkzettel –die zweite Staffel* bis
2019 • *Denkzettel – dritte bis fünfte Staffel*
2020 • *Geschichten aus dem Paradies*
    • *Sieben Wege zum kreativen Älterwerden /Einleitung*
    • *Denkzettel – sechste Staffel*
2021 • *Die Bilder der Seele sprechen lassen /1. Weg*
    • *Die Biografie als Gestaltungsaufgabe /2. Weg*
    • *Denkzettel – siebte Staffel, achte Staffel*
2022 • *Denkzettel – neunte Staffel, zehnte Staffel*
    • *Was denkt ihr denn? – Dichtungen, Verse…*
    • *Neue Geschichten aus dem Paradies*
2023 • *Dreh dich nicht um – Die Blockaden lösen /3. Weg*
    • *Auf künstlerischen Wegen der Weisheit entgegen /4. Weg*
    • *Empfangen der Würde im Alter – ein christlicher Weg*
2024 • *Denkzettel – die elfte Staffel*
    • *Mit Worten malen. Pfad der Läuterung /6. Weg*
    • *Die Teile des Lebens zum Ganzen fügen … /7. Weg*

weitere Infos:

Norbert Wickbold
n.wickbold@heilkunstundfarbenpracht.info
www.heilkunstundfarbenpracht.de

Bücher erhältlich über
www.tredition.de

FSC
www.fsc.org
MIX
Papier | Fördert
gute Waldnutzung
FSC® C083411

Zeitfracht Medien GmbH
Ferdinand-Jühlke-Straße 7
99095 Erfurt, Deutschland
produktsicherheit@kolibri360.de